Dans la même collection:

AU TEMPS DES DRAGONS

JIM RAZZI

ILLUSTRATIONS: KEVIN CALLAHAN
Un livre de R.A. Montgomery

TRADUIT DE L'ANGLAIS PAR
MARIE-ANDRÉE CLERMONT

Dépôts légaux: 3e trimestre 1989
Bibliothèque nationale du Québec
Bibliothèque nationale du Canada

ISBN: 2-7625-5267-2   Imprimé au Canada

LES ÉDITIONS HÉRITAGE INC.
300, Arran, Saint-Lambert, Québec J4R 1K5
(514) 875-0327

DRAGONS!

LIS D'ABORD CECI

La plupart des livres racontent l'histoire des autres.

Celui-ci, cependant, raconte ton histoire à toi, et celle de ta quête du dragon.

Ce qui t'arrive dépend de tes décisions.

Il ne faut pas lire ce bouquin d'une couverture à l'autre!

Commence quand même à la page 1 et parcours les premiers paragraphes, mais aussitôt qu'on t'offre des choix, saute dans l'action et va voir à la page indiquée.

À la fin d'une histoire, reviens en arrière et essaie une option différente. Chaque décision t'entraînera dans une aventure nouvelle.

Si tu trouvais le trésor d'un dragon, tu pourrais devenir riche, évidemment — à moins que le dragon ne te trouve en premier!

Alors, bonne chasse et, surtout, bonne chance!

Tu vis au Moyen Âge, à l'époque des preux **1**
chevaliers, des belles damoiselles et des dragons féroces.

Toi et tes parents habitez un immense château. Ton père est un chevalier pauvre, mais
très courageux, et toujours prêt à accomplir
de bonnes actions. C'est justement une autre
bonne action qu'il se dispose à aller faire en
ce moment même.

— Puis-je t'accompagner, père? lui
demandes-tu.

— Désolé, mon fils, tu es encore trop jeune,
répond-il d'un ton sans réplique.

La mort dans l'âme, tu t'éloignes à pas lents.
Comme ce sera ennuyeux de rester ainsi chez
toi!

Décidant alors de consacrer quelques heures à l'exploration du château, tu montes dans
une tour où tu n'as encore jamais mis les pieds.
Soudain, un objet accroche ton regard — un
vieux bouquin tout poussiéreux qui gît sur sur
le plancher. Un livre qui parle des dragons et
de leurs secrets.

Passe à la page 3.

Un ouvrage passionnant, vraiment! Tu **3**
apprends là-dedans que les dragons crachent
le feu et la fumée, que certains savent voler
et parler, et même faire de la magie. Il arrive
aussi parfois que des trésors fabuleux soient
confiés à leur surveillance. Le livre te conseille
cependant la prudence, car les dragons sont
souvent méchants et dotés d'un très mauvais
caractère.

Ton imagination s'enflamme! Tu aimerais
bien découvrir le trésor d'un dragon, pour que
ta famille ne vive plus dans la pauvreté. C'est
alors qu'une idée géniale germe dans ton
esprit: tu vas partir en expédition, tout seul,
à la recherche de dragons!

Sans faire ni une ni deux, tu endosses
l'armure que tu as reçue à ton anniversaire.
Elle te va comme un gant et te donne la sen-
sation d'être un véritable chevalier.

Sortant au grand soleil, tu scrutes les alentours du château; d'un côté s'étend, à perte
de vue, une sombre forêt; de l'autre, une vallée encaissée à verdure chatoyante. Devrais-
tu traverser la forêt ou descendre dans la
vallée?

Si tu choisis la forêt, passe à la page 6.

*Si tu optes pour la vallée,
va à la page 5.*

Tu empruntes un sentier qui rejoint la vallée. Un silence insolite t'accueille lorsque tu y arrives. L'air semble suspendu, immobile. Pas le moindre gazouillis ne s'élève. Et où sont donc passés tous les animaux?

Tu te poses encore la question lorsqu'une ombre gigantesque balaie le firmament. Tu lèves les yeux et ton coeur s'arrête de battre. Ah! tu comprends maintenant pourquoi les bêtes se sont enfuies: un monstrueux dragon vert plane au-dessus de la vallée. *Oh! là là!* il vient de t'apercevoir, et le voilà qui exécute aussitôt une descente en spirale vers toi!

Il faut faire vite! Un tour d'horizon rapide te permet de repérer un grand trou qui bée au pied d'une hutte. Devrais-tu affronter le dragon ou sauter dans le trou?

Si tu choisis l'affrontement, passe à la page 8.

*Si tu préfères la fuite,
saute (dans le trou) à la page 10.*

Et en avant vers la sombre forêt! «Ce devrait être un bon endroit pour trouver des dragons», raisonnes-tu. Tu t'engages dans un sentier tortueux qui pénètre au coeur des bois.

Des arbres noirs y poussent, tout tordus. Sur ton passage, leurs branches semblent vouloir

t'agripper comme des griffes. D'étranges chu-
chotis, portés par l'écho, se répercutent à travers les branches.

«Ce n'est que le vent», te dis-tu.

Passe à la page 12.

8   «On va l'affronter, ce dragon!» décides-tu. Sous tes yeux, l'énorme créature s'abaisse, lentement, avant d'atterrir en douceur à quelques mètres de toi.

— Salutations, jeune chevalier! chuinte-t-il.

— Sssa-salutations! balbuties-tu, émerveillé de l'entendre. Tu peux parler! J'ai lu ça dans un livre.

— Vraiment? émet le dragon d'un ton doucereux. Et ce livre, t'a-t-il aussi raconté que nous faisions de la magie?

— Mais oui, *justement*! réponds-tu, tout excité. Quelle sorte de magie sais-tu donc faire, toi?

— Eh bien, voyons voir, réfléchit le dragon, en t'examinant attentivement des pieds à la tête. Je pourrais, par exemple, te transformer en oiseau. Tu serais alors capable de voler, tout comme moi. Qu'en dis-tu?

Si tu as envie d'être changé en oiseau, passe à la page 16.

Si tu préfères rester comme tu es, saute à la page 24.

10   Pour te donner le temps de réfléchir un peu, tu bondis dans le trou. Mais tu te rends bien vite compte que ce trou constitue, en réalité, l'entrée d'une caverne.

Soudain, une bouffée d'air chaud souffle jusqu'à toi et, à travers des volutes de fumée noire, apparaît une immense silhouette ténébreuse qui s'avance à pas pesants. Elle émerge de la caverne et fonce tout droit sur toi!

C'est un autre dragon!

Il y a du feu qui lui sort par les narines!

Il est trop tard pour prendre la fuite! Tu sens déjà sur toi son haleine brûlante. Fermant les yeux, tu te prépares au pire.

Passe à la page 25.

12   Tu commences à te demander si c'était une si bonne idée de venir à la chasse aux dragons dans cette forêt.

Des pas crissent tout à coup non loin de toi, derrière une grosse pierre.

Une bête sauvage, peut-être? Fort possible, oui. Hum! À moins qu'il ne s'agisse effectivement... d'un dragon!

Tiens-tu vraiment à le savoir? Tu n'en es pas certain.

Peut-être devrais-tu tout simplement prendre tes jambes à ton cou et déguerpir.

Si tu vas jeter un coup d'oeil derrière la pierre, passe à la page 20.

Si tu te sauves en courant, saute à la page 14.

Resté seul dans la sombre forêt, tu te demandes si tu vas encore rencontrer d'autres dragons. Tu rêves toujours d'en trouver un qui surveille un trésor. Tu décides de poursuivre ta recherche.

Tu t'enfonces de plus en plus creux dans le bois, tandis que le voile de la nuit envahit les alentours.

Tu ressens soudain une grande lassitude. Les pieds en compote, tu as très envie de retourner chez toi! Sauf que... tu n'arrives plus à retrouver ton chemin. Tu es complètement perdu. «Mère va s'inquiéter à mon sujet», songes-tu avec tristesse.

Tiens, voici un autre sentier! «Essayons-le, décides-tu, des fois qu'il mènerait hors de la forêt.»

Tu t'y engages prudemment, à l'affût du moindre signe de danger.

Mais voilà qu'il tourne abruptement, pour contourner une haute colline.

Si tu suis le sentier qui ceinture la colline, passe à la page 21.

Si tu escalades la colline, saute à la page 29.

14 Dévalant le sentier, tu traverses la forêt à plein régime.

Mais tu butes tout à coup contre un objet sur le sol. Tu te penches et qu'est-ce que tu aperçois? Un bébé dragon!

Le pauvre! Il a la queue prise dans un vilain piège en fer. «Est-ce que je saurais l'ouvrir, tout seul?» te demandes-tu. Mais tu hésites à essayer car, au moindre faux mouvement, tu risquerais de lui faire encore plus mal, à ce jeune dragon. Alors quoi?

Si tu essaies d'ouvrir le piège,
passe à la page 18.

Si tu préfères ne pas l'ouvrir,
saute à la page 36.

16 «Me transformer en oiseau? Mais oui, ça pourrait être intéressant», te dis-tu.

— Tope là! acceptes-tu. Change-moi en oiseau.

Le dragon prononce une formule magique et *pof*! te voilà devenu oiseau!

Battant des ailes, tu t'élèves dans les airs. Tout te paraît maintenant minuscule quand tu regardes vers la terre! C'est alors que le dragon s'élance dans ton sillage. Il vient voler tout près de toi, en te dévisageant goulûment de ses grands yeux jaunâtres.

— Je n'ai jamais tellement aimé le goût de la chair humaine, te confie-t-il. En fait, le mets que je préfère, c'est l'oiseau. Le problème,

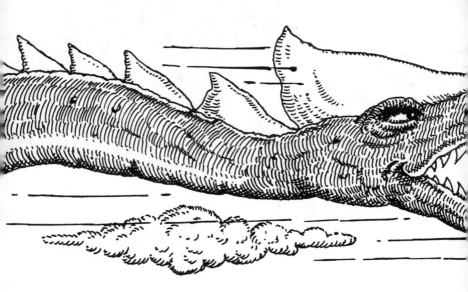

c'est que la plupart du temps, les oiseaux volent bien trop vite pour mes moyens. Mais toi, alors, tu es parfait! Juste de la bonne grosseur, dodu à point, et pas trop rapide!

Atterré, tu commences à comprendre ce qui t'arrive. Tu essaies de crier, mais tout ce qui te sort de la bouche, c'est *Couac! Couac! Couac!*

Volant de plus en plus près, le dragon entrouvre alors son énorme gueule et tu vois ses dents rutiler au soleil. Tu te rends compte, mais trop tard, que tu t'es fait avoir et que tu vas lui servir de dîner, à ce dragon de malheur!

Fin

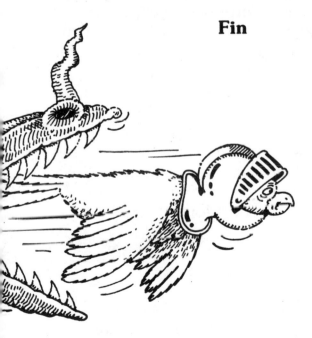

18 Le jeune dragon semble souffrir atrocement. «Je ne cours pas grand risque à essayer d'ouvrir le piège», te dis-tu.

Utilisant une branche solide en guise de levier, tu viens à bout de forcer la pince et de dégager la queue.

Aussitôt, le dragon te saute au cou et te lèche le visage de sa longue langue visqueuse.

— Merci de ton aide, s'écrie-t-il. Je n'oublierai pas ta bonne action.

Tu t'apprêtes à lui répondre lorsque tu remarques une chose étrange: le petit dragon grandit à vue d'oeil!

Remarquant ta surprise, il t'explique:

— Les dragons grandissent en moins d'une journée, vois-tu. Je suis né ce matin et, dès ce soir, j'aurai atteint ma taille adulte.

— Mazette! t'exclames-tu. Voilà qui est étonnant!

Mais avant même que tu puisses lui poser toutes les questions qui te viennent en tête, le dragon s'éloigne en gambadant.

— Hé! Attends! lui cries-tu.

Trop tard! Il s'est déjà fondu dans les fourrés épais.

Reviens à la page 13.

20 «Un peu de bravoure, te dis-tu. Allons voir ce qui se cache derrière cette pierre.»

Pendant que tu contournes la grosse pierre, tu perçois un halètement puissant.

Malgré tous tes efforts de volonté, tu as les jambes qui flageolent.

Tu réussis quand même à t'avancer un peu plus près, sur la pointe des pieds...

Mais voilà que quelque chose bondit sur toi tout à coup et te renverse, avant que tu puisses même voir ce que c'est.

Tu lèves un oeil craintif et qu'est-ce que tu aperçois?

Saute à la page 45.

Tu suis le sentier qui ceinture la colline. Tu es à mi-chemin dans la courbe lorsque le sol se dérobe brusquement sous tes pieds et que tu tombes dans un grand trou.

Tu viens de te prendre dans un piège!

Tu jettes un rapide regard alentour, histoire de trouver une quelconque issue.

C'est alors que tu entends des pas, mais tellement pesants qu'on jurerait des coups de tonnerre.

BADOUM! BADOUM! BADOUM!

C'est sûrement la créature qui a tendu le piège qui s'en vient voir sa proie.

Tourne la page.

Les pas se rapprochent… Puis ils s'arrêtent. Tu réussis à vaincre ton effroi pour jeter un coup d'oeil.

Une affreuse tête couverte d'écailles se pointe tranquillement dans l'ouverture. Deux yeux jaunâtres te lorgnent avec colère.

Encore un dragon!!! Décidément, c'est un sort!

Passe à la page 30.

24   Tu viens de te rappeler que tu as la phobie des hauteurs.

— Non, refuses-tu. Je n'ai pas envie de devenir un oiseau. Je m'aime bien, tel que je suis.

— Et moi de même, rétorque le dragon, une étrange lueur au fond des yeux. J'aimerais pourtant te faire des tours de magie, ajoute-t-il après une petite pause, mais...

— Mais quoi donc?

Passe à la page 26.

Soudain un chant s'élève. Tu ouvres les yeux.

C'est le dragon!

Il s'arrête de chanter et te regarde:

— Je suis si content que tu sois venu dans ma caverne, siffle-t-il. Il est temps que quelqu'un entende ma voix merveilleuse.

Saute à la page 33.

26   — Il va falloir que tu m'embrasses, d'abord, répond le dragon.

— T'EMBRASSER? t'exclames-tu. Mais pourquoi?

— Je ne peux pas te dire pourquoi. Fais seulement ce que je te dis.

Si tu décides d'embrasser le dragon, passe à la page 42.

Si tu préfères ne pas l'embrasser, saute à la page 38.

Tu gravis la colline. Mais en arrivant en haut, tu te figes tout net. Sur le tertre qui occupe le sommet, s'élève un sombre château d'aspect austère et lugubre. «Qui donc habite là?» te demandes-tu.

En t'approchant de la façade, tu remarques, au-dessus du portail, un blason ciselé à l'effigie d'un dragon gigantesque, à l'allure sinistre.

L'apparence des lieux ne te dit rien qui vaille, mais tu devras bien t'abriter quelque part pour la nuit, non?

Devrais-tu entrer? Ou alors te risquer à retourner dans la forêt?

Si tu décides d'entrer dans le château,
passe à la page 35.

Si tu retournes dans la forêt,
saute à la page 46.

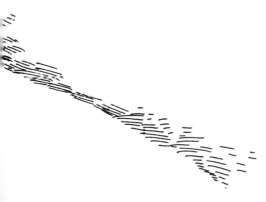

30   Aucun doute dans ton esprit: ton heure vient de sonner! Sauf que… le dragon prend soudain la parole:

— J'ai terriblement faim, t'avoue-t-il dans un chuintement, mais mon code d'honneur me défend de te manger.

Tu ne comprends rien à ce qu'il te raconte.

— Tu ne me reconnais donc pas? reprend-il.

— Nnnon! bafouilles-tu. Je devrais?

— Mais oui, puisque tu m'as délivré d'un piège pas plus tard que tout à l'heure. Je dois te payer de retour pour cette gentillesse.

Tu pousses un long soupir de soulagement.

— J'ai maintenant ma taille adulte, enchaîne le dragon, et je sais voler. Alors, peu importe où tu veux aller, je peux t'y conduire.

Tu lui dis que tu veux rentrer chez toi. Le dragon acquiesce d'un signe de tête et abaisse dans le trou une de ses jambes écailleuses. T'y agrippant, tu te hisses jusqu'à lui. Puis tu t'installes à califourchon sur son dos tandis qu'il s'élève, doucement, au-dessus de la forêt. Tiens, voilà ton château, au loin!

«Ça vaut la peine de faire des bonnes actions», songes-tu en souriant.

Fin

En fait, il chante terriblement faux, le dragon. Chose que tu n'oseras jamais lui dire, évidemment. Des plans pour qu'il se fâche et qu'il t'avale tout rond!

— Aimerais-tu m'entendre chanter encore? te demande-t-il.

— Hum, mais avec grand plaisir, mens-tu malgré toi.

— Tant mieux! fait-il en souriant de contentement. Je peux chanter pendant des heures.

«Oh, non!» grognes-tu intérieurement en t'assoyant sur une pierre.

Toi qui te préparais au pire, tu ne te seras pas préparé pour rien!

Fin

Tu décides d'aller passer la nuit dans le sombre château. Lentement, tu franchis le portail. Tout paraît désert dans cette vieille, très vieille construction. Des toiles d'araignées pendent un peu partout, et les murs suintent d'une répugnante substance visqueuse. La seule lumière qui te permet d'y voir provient du clair de lune qui pénètre dans le château à pleines fenêtres.

Le bruit de tes pas résonne sur le plancher de pierre.

Tu aboutis enfin dans une grande salle, ou à ta grande surprise, des torches brûlent, suspendues aux murs. Que se passe-t-il donc?

Il y a deux immenses portes à l'autre bout de la pièce: l'une est verte et l'autre, pourpre. Tu te demandes où elles mènent.

Tu butes tout à coup contre une dalle de pierre. Tiens, il y a quelque chose de gravé dessus!

Saute à la page 44.

36   Tu préfères ne pas risquer d'ouvrir le piège. Mais le pauvre petit dragon continue de hurler de douleur.

C'est alors que retentit un rugissement terrible. Une énorme femelle dragon émerge du couvert des arbres. C'est la maman du dragon traqué! Elle croit que c'est toi qui fais gémir son bébé.

Oh non! Comment lui faire comprendre que tu ne voulais aucun mal à son petit?

Tu n'as pas grand-chance de réussir, à ce qu'il semble.

Soufflant de la fumée et crachant du feu, voilà la mère qui s'élance vers toi. Aucune issue possible!

Fin

Tu regardes le dragon bien en face.

— Je... je... ne peux pas, avoues-tu.

— Pourquoi pas? veut savoir le dragon.

Tu décides de lui dire la vérité:

— Tu es trop laid, lui lances-tu carrément.

Voilà le dragon en furie, qui se met à ruer et à cracher des flammes. Une fumée écumante lui sort par les narines! Il est dans une colère noire! Il en trépigne de rage!

Tu n'as aucune chance de gagner dans une bataille face à face avec ce mastodonte, et tu le sais parfaitement. Tu cherches donc des yeux une issue possible. Il y a bien la forêt, derrière toi, où tu pourrais te cacher. Oui, c'est cela! Tu attends le moment propice et tu files sans demander ton reste.

À pas pesants, le dragon engage la poursuite mais comme, sur terre, il est beaucoup trop lent, tu n'as aucun mal à le semer. Tu fonces à travers bois sans même t'arrêter pour reprendre ton souffle.

Loin, très loin, au coeur de la forêt, tu arrives enfin à un lac où poussent de longs roseaux. Il y a aussi un sentier qui part de là. Devrais-tu le suivre, ou te cacher dans les roseaux?

Si tu suis le sentier, passe à la page 52.

*Si tu te caches dans les roseaux,
va à la page 41.*

Tu décides de te cacher dans les roseaux. **41**
Tu es certain que le dragon ne pourra pas t'y
repérer. Mais voilà que tu entends un bruit en
provenance du lac. Tu te retournes et... Oh!
tu n'en crois pas tes yeux!

Une dame ravissante surgit au-dessus des
flots.

Tenant à la main un glaive en or, elle
s'avance jusqu'à toi et te le tend:

— Jeune chevalier, commence-t-elle, je suis
la dame du lac. Avec ce glaive magique, tu
pourras te défendre contre n'importe quel
dragon.

— Pourquoi m'en faites-vous cadeau, à
moi? questionnes-tu.

— Parce que ton coeur est brave et bon,
répond-elle.

Passe à la page 54.

Embrasser un dragon! Voilà bien la chose la plus étrange qu'on t'ait jamais demandé de faire. Mais la curiosité a raison de ton hésitation: tu as vraiment hâte de voir quel type de magie il peut faire, ce dragon.

«Embrassons-le! décides-tu. Et finissons-en.»

Le dragon abaisse sa grosse tête écailleuse.

Tu déglutis une fois puis, vite, tu lui donnes un petit bec sur le museau.

Mais voilà que... WOUPSE! POUF! WOUPSE! le dragon disparaît pour faire place à une ravissante princesse!

— Tu m'as libérée d'un mauvais sort, te dit-

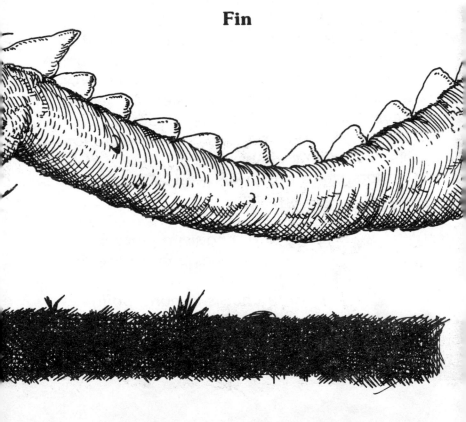

elle avec douceur. C'est une méchante sorcière qui m'a un jour transformée en dragon. Et la seule manière de conjurer ce sort, c'était de me faire embrasser par un chevalier, mais sans qu'il sache pourquoi.

— Sur mon honneur, déclares-tu, je suis content d'avoir décidé de vous embrasser.

Dans un sourire, la princesse te prend la main. Tu lui rends son sourire. Quelle chance tu as! Tu es parti à la recherche d'un trésor et, à la place, tu as trouvé une amie! Cela vaut bien mille fois plus.

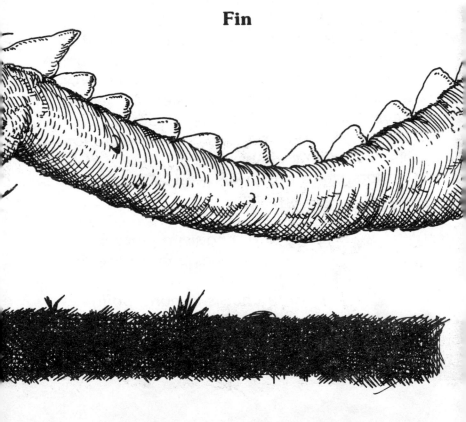

Fin

OYEZ, OYEZ! VOUS TOUS
QUI OSEZ VENIR VOIR
DANS LE SOMBRE CHÂTEAU
DU MÉCHANT DRAGON NOIR
LE DILEMME À SAVOIR
LAQUELLE PORTE OUVRIR
EN EST UN DE *COULEUR*
QU'IL FAUDRA *BIEN* CHOISIR
CAR L'UNE S'OUVRIRA
SUR L'AMBRE DU TRÉSOR
ET L'AUTRE CONDUIRA
DANS L'ANTRE DE LA MORT!

Choisis la bonne porte, et à toi le trésor! Mais choisis la mauvaise, et gare au dragon noir!

Jamais de toute ta vie, tu n'as eu de choix aussi difficile à faire. Tu restes là, debout devant les portes, à te demander laquelle ouvrir. Sur ton honneur de chevalier, ton choix sera final et sans appel.

Alors, as-tu pris ta décision?

*Si tu choisis la porte verte,
passe à la page 49.*

*Si tu choisis la porte pourpre,
saute à la page 51.*

Un noble chevalier, de très haute taille.

Il paraît menaçant, mais il y a un petit quelque chose de familier dans son armure.

— Père! cries-tu.

Ton père relève sa visière et te sourit.

— Qu'est-ce que tu fais par ici? te demande-t-il. Je t'ai pris pour une bête sauvage.

— Qu'est-ce que *tu* fais par ici? rétorques-tu. Je t'ai pris pour un dragon!

Ton père éclate de rire:

— Eh bien, à ce que je sache, mon fils, il y a belle lurette qu'il n'y a pas eu de dragons dans les parages!

Tu lui parles du bouquin qui décrit les dragons et leurs trésors fabuleux.

— J'ai pensé qu'on deviendrait riche, ajoutes-tu, mélancolique.

— Je trouve suffisamment de compensation dans les bonnes actions que je fais, répond ton père. Je viens de sauver un roi des griffes d'un sanglier et vois ce qu'il m'a donné en guise de remerciement!

Il brandit sous ton nez une bourse remplie d'or. Puis il passe son bras autour de ton épaule.

— Retournons chez nous, maintenant, mon fils. Et qu'il ne soit plus jamais question de dragons entre nous.

Tu te retournes vers la forêt.

— Dommage, quand même, qu'il n'y ait plus de dragons, soupires-tu. J'aurais tant aimé en rencontrer un.

Fin

46 «N'importe où plutôt que dans ce noir château!» te dis-tu en faisant résolument demi-tour
pour regagner la forêt. Tu marches longue-
ment, en dépit de ta fatigue. Tu ne sens plus
tes jambes lorsque tu t'arrêtes enfin dans une
éclaircie.

Tu as peur, au début, mais tu deviens de
plus en plus courageux à mesure que le temps
passe. Tu assembles des pierres en cercle, loin
des arbres, pour te construire un petit foyer,
puis tu ramasses du bois que tu disposes en
pyramide par-dessus. Comme ton père te l'a
appris, tu frottes alors deux branches ensem-
ble pour allumer ton feu, et bientôt, de belles
flammes joyeuses réchauffent ton bivouac. Tu
t'installes de ton mieux pour dormir à la belle
étoile.

Et pour être belles, elles sont belles, les étoi-
les, tu t'en rends compte en les voyant briller
à travers la haute cime des arbres.

«Bah, te dis-tu bravement, de quoi aurais-
je peur? Ne suis-je pas un vaillant chevalier?
Et une petite nuit, après tout, c'est vite passé!»

Fin

Tu choisis la verte. Tu t'en approches à pas mal assurés et, avant de l'ouvrir, tu prêtes l'oreille. Mais elle est si épaisse, cette porte, que tu ne peux vraiment pas savoir ce qui se passe de l'autre côté.

— Eh bien, dis-tu à haute voix, c'est maintenant ou jamais!

Tu saisis le loquet de fer et tu ouvres tout grand.

Noirceur!

Tu pénètres dans un couloir...

La porte se referme avec force dans ton dos.

Trop tard pour reculer maintenant!

C'est alors que tu aperçois une lueur vacillante, venant d'une pièce au tournant du couloir.

Soudain s'élève un puissant sifflement.

Puis une tête écailleuse se pointe dans ton champ de vision.

— Oh non! cries-tu. Pas le dragon noir!

Fin

Tu choisis la pourpre. Tu t'en approches à pas mal assurés et, avant de l'ouvrir, tu prêtes l'oreille. Mais elle est si épaisse, cette porte, que tu ne peux vraiment pas savoir ce qui se passe de l'autre côté.

— Eh bien, dis-tu à haute voix, c'est maintenant ou jamais!

Tu saisis le loquet de fer et tu ouvres tout grand.

Noirceur!

Tu pénètres dans un couloir…

La porte se referme avec force dans ton dos.

Trop tard pour reculer maintenant!

C'est alors que tu aperçois une lueur vacillante, venant d'une pièce au tournant. Lentement, tu traverses le couloir et tu tournes le coin.

LE TRÉSOR!

La pièce est remplie d'or, d'argent et de pierres précieuses!

Tu as choisi la bonne porte! Toi et tes parents allez devenir riches!

Fin

52　　Tu décides d'emprunter le sentier.

Celui-ci suit un parcours capricieux à travers la forêt pour aboutir brusquement sur un chemin de terre. Mais où donc es-tu?

C'est alors que tu entends de la musique. Tu aperçois une charrette tirée par un cheval qui avance sur le chemin sans se presser. C'est une troupe de troubadours qui jouent de la flûte, de la guitare et du tambourin.

Debout au milieu de la chaussée, tu agites
les bras en criant:

— Arrêtez! S'il vous plaît, arrêtez-vous.

Surpris, les troubadours font taire leurs instruments et tirent sur les rênes.

— Je suis fatigué, leur dis-tu. Pourriez-vous me laisser monter avec vous?

— Mais bien sûr, jeune chevalier!

Tout en grimpant, tu leur demandes où ils s'en vont. Quelle coïncidence! Ils se dirigent justement vers *ton* château, où ils doivent aller jouer de la musique pour tes parents!

Tu te cales au fond de la charrette en soupirant. Avant que tu repartes à la chasse aux dragons, les poules auront des dents!

Fin

54 Tu acceptes le glaive en rougissant. Tu es sur le point d'ajouter quelque chose lorsque tu entends un formidable sifflement. C'est le dragon! Il t'a rattrapé!

La dame du lac te sourit:

— Ne crains rien, dit-elle avant de disparaître.

Tu n'as pas peur. Ton glaive magique à la main, tu te retournes pour faire face au dragon — et tu sais que tu vas l'emporter haut la main!

Fin

L'AUTEUR

Créateur de nombreux jeux et puzzles, **James Razzi** a signé quantité de livres pour les jeunes, dont *Les enquêtes mystérieuses de Sherloque Fin-museau, détective*. Ses oeuvres se sont vendues à plus de deux millions et demi d'exemplaires aux États-Unis, en Grande-Bretagne et au Canada.

L'ILLUSTRATEUR

Il y a plus de quinze ans que **Kevin Callahan** travaille comme illustrateur. En plus d'illustrer des livres de littérature-jeunesse, il travaille également en publicité. Il a en outre créé une bédé et écrit un livre qui traite d'antiquités. Ses illustrations lui ont mérité de nombreux prix. Monsieur Callahan vit à Norwalk (Connecticut).

ACHEVÉ D'IMPRIMER
EN AOÛT 1989
SUR LES PRESSES DE
PAYETTE & SIMMS INC.
À SAINT-LAMBERT, P.Q.